외로운 현아

외로운 현아

발 행 | 2022년 07월 13일
저 자 | 강윤경
펴낸이 | 한건희
펴낸곳 | 주식회사 부크크
출판사등록 | 2014.07.15.(제2014년-16호)
주 소 | 서울특별시 금천구 가산디지털1로 119 SK트윈타워 A동 305호
전 화 | 1670-8316
이메일 | info@bookk.co.kr

ISBN | 979-11-372-8893-5

www.bookk.co.kr

외로운 현아

강윤경 지음

CONTENT

머리말

나에게 늘 웃음을 주는
민준, 서현, 가현, 유진, 유나 에게 드립니
다.

1. 마을의 쓰레기 밭.

현아네 집근처에는 못 쓰는 빈 터가 있었다.
원래는 집터였지만 건물을 안 짓고 농사는 지은 흔적이 있었다. 하지만 요즘은 농사도 짓지 않는 것 같았다.

죽은 나무가 2 그루 서있고 고추 농사짓고 수확하고 그대로 내버려둔 마른 대들이 남아있었다. 드문드문 말라붙은 대파랑 양파가 보이기도 하였다.

황폐한 느낌이 들자 사람들이 몰래 안 쓰는 물건을 내다 버려 아주 쓰레기 동산이 되어 가고 있었다.

심지어 낡은 작은 냉장고도 엎어져 있고 부러진 책장, 오래된 가구도 흩어져 있었다.
죽은 수풀이 우거져 더 더러워보였다. 그 속에서 쥐도 살고 있었다.

현아는 하교 길에 그 밭 옆을 지날 때마다 새들이 지저귀는 소리가 듣기 좋았다.
마치 자기네들끼리 수다를 떠는 것처럼 느껴졌다.

"얘들아 저애 좀 봐 저애는 예쁜 것 같아! 어머나 재 좀 봐! 좀 외로워 보여 항상 혼자 다니는걸!"
라고 재잘거리는 것 같았다.

그리고 자기네들끼리 흉도 보는 것처럼 서로 깍깍 거리기도 하였다.

"까치는 너무 시끄러운 것 같아. 그리고 몰려다니며 깡패 같아. 세상에 지난번 까마귀를 포위해서 쫒아내기도 하던 걸.
우와 완전 무서웠어. 그래도 까마귀도 무서워 까마귀는 너무 새까매 무서워"라고 이야기 하는 것 같았다.

노란색 방울새는"또르르륵 또르르륵"하면서"현아야 힘내!"라고 말하는 것 같았다.

그리고는 방울새는 무화과나무에 앉아 놀다가 건

너 편 공원의 나뭇가지 위로 날아갔다.
방울새의 울음소리는 참 듣기 좋았다.

현아는 가끔은 진짜 새들 소리가 들리고 자기에게 말을 건 것 같아 나무 위를 쳐다보고 신기하게 생각했다.

방금도 까치와 까마귀 싸움은 시골에 있을 때 현아가 직접 본 일이기도 하였다.

자기가 생각한 것을 새들이 말한 것이라 착각하는 것이라 생각했다.

새들의 말을 알아들을 수는 없는 것이니깐 자기가 잘못 들었을 거라 생각했다.

그 쓰레기 정원에는 오래 전에 심어 둔 무화과나무가 있었다.

굽어진 무화과나무는 그 더러운 환경 속에서도 가을이면 탐스런 무화과를 길러내었다.

밭에는 또 한그루의 큰 나무가 있었다. 이 나무는 키가 엄청나게 큰 감나무였다.
8m는 되어 보였다.

새들은 늘 이 감나무에서 놀고 있었다. 감나무인지 새나무인지 알 수 없을 정도로. 나뭇가지마다 조롱조롱 매달려 있었다.

까치가 몰려오고 가면 참새 떼들이 몰려와 앉고 참새가 가면 까마귀가 늠름하게 앉아 있곤 했다.

새들이 항상 앉아 있다 보니 감나무 밑에는 새똥이 하얗게 앉아 있었다. 그렇지만 다른 곳은 새똥이 별로 없었다. 현아는 생각했다.

새들도 화장실이 있는 건가? 한 곳에만 모여서 똥을 싸네. 저긴 새들의 화장실인가 보다. 훗훗

감나무는 둥치도 굉장히 커서 큰 성인 2명이 안아도 될 만큼 크고, 나무 잎도 아주 진한 초록에 햇볕에 윤이 반짝거리는 싱싱한 나무였다.

가을이 되면 감은 가지 끝 높은 곳에 잘 열렸다. 주황색 예쁜 감은 겨울 내내 새들의 먹이가 되어 주었다.

어른들은 겨울에 가지 끝에 매달려 있는 몇 개는 '까치밥'이라고 따면 안 된다고 하였다. 사람들이 다 따먹으면 겨울에 새들이 먹을 게 없다고.

2. 외로운 현아.

현아는 오늘도 몰려다니는 새들을 보면서 새들은 친구가 많아서 좋겠다고 생각하였다.
현아는 하교 길에 집으로 바로 들어가지 않았다.

현아는 전학을 와서 친구가 많이 없어 외로웠다.

학교에서 친구들이랑 즐겁게 놀지 못하다보니 늘 집 근처까지 와서 쓰레기 밭의 새들을 구경하곤 했다.

그리고 근처 공원에 가서 아이들이 노는 것을 구경하였다.

아이들은 삼삼오오 몰려서 술래잡기를 하거나 미끄럼을 타고 놀았다.

현아도 같이 놀고 싶었지만 아는 아이가 없었다.
현아는 문득 고개를 들어 하늘을 보았다.

흰 구름들이 토끼 모양이 되었다가, 돌고래 모양이 되었다가 강아지도 되었다 하였다.

현아는 공원 잔디밭에 누워 하늘의 구름들을 쳐다보았다.
구름 친구들이 현아의 친구가 되어 주는 것 같았다.

현아는 어느새 하늘 위로 올라가 새들처럼 날아다니며 구름친구들과 놀았다.

큰 구름 개 머리를 쓰다듬어 주니 강아지가 뿅뿅 생겨서 여러 마리 강아지가 현아를 따라다녔다.

구름 돌고래 등 위를 올라타니 고래가 구름 속으로 헤엄쳐 다니며 현아랑 놀아주었다.

구름 속의 물방울이 현아의 이마를 때리고 지나갔다. 차가운 느낌에 정신이 돌아왔다.

현아는 여전히 공원 벤치에 앉아 있었다.

현아는 전학 오기 전 친구들과 선생님이 보고 싶었다.
현아가 살던 곳은 시골이었다.

그곳에서는 현아는 들과 산으로 뛰어다니며 아이들과 놀았다.

여름이면 아이들과 개울에서 멱을 감고, 가을에는 잠자리채 들고 곤충채집을 하기도 하였다.

여름 방학에는 엄마 아빠를 졸라 친한 친구네 집과 함께 개울가에서 야영을 하기도 했었다.

전학 오기 전 현아가 살던 곳에서는 자유롭고 평화로웠다.
뭐든지 상상하고 꾸며보고 즐겁게 생활하였다.

현아가 전학을 한 이유는 중학교에 가기 위해서다.
현아가 사는 시골에서는 중학교가 너무 멀어 현아네 엄마 아빠는 미리 도시로 이사를 했다.

그러니깐 현아는 6학년이 되자 전학을 온 것이었다.

현아는 시골에서 살다 도시로 전학을 오니 적응하기 힘들었다.

여기 도시 학교 친구들은 학교 끝나면 다 학원을 가고 같이 놀 친구도 없이 바쁘게 사는 것 같았다.
거기에다 시골에서 왔다고 은근히 무시하기도 하였다.

며칠 전 수학시간에 선생님이 현아보고 앞으로 나와서 수학문제를 풀어보라고 하였다.
현아는 시골에서도 공부를 잘한 편이었다.

현아는 칠판 앞으로 나가 자신 있게 문제를 풀었다.
선생님은 잘 풀었다고 칭찬을 해주셨다.

그리고 자리로 들어오는데 첫날부터 현아를'시골뜨기, 빼뜨기, 차떼기'라며 놀리던 수지라는 여자 아이가 책상 밖으로 발을 일부러 빼서 살짝 걸리게 하였다.

현아는 발을 잘못 걸려 앞으로 넘어질 뻔했지만 그 애는 금세 발을 집어 넣어버려 말을 할 수도 없었다.

수지는 현아가 시골에서 올라와서 공부를 못할 거라고 생각했는데 생각 외로 수학 문제를 잘 풀자 심술이 난 것이었다.

게다가 현아가 예쁘게 생겨서 자기보다 인기가 많아 질까봐 더욱 심보가 고약해진 것이었다.

오늘은 수지와 늘 같이 다니는 여자애들이 수지와 함께 4명이 몰려와 현아에게 놀림을 하였다.

"애 너는 시골에서 왔다며. 그래서 얼굴이 새까맣게 탔나봐."
"아냐 난 원래 좀 까매."
"깔깔깔 얘들아 얘 좀 봐. 원래 까맣데."

다른 아이가 말했다.
“호호호 그럼 넌 밤에 잘 안보이겠다.”

“너희들 나한테 이러지마 나 기분 나빠.”라며 현아가 쏘아 붙이자 또 다른 아이가 말했다.

“시골에서는 뭐 하고 노니? 너희는 학원도 안가고 개구리 잡으러 다니며 놀지?”
라며 놀림 반 궁금증 반 물었다.

현아는 순간 놀리는 아이들에 속이 상해서 장난을 치고 싶은 마음이 생겼다.

“그래 나는 개구리 잡아먹는다.
너희들 자꾸 까불면 개구리처럼 땅바닥에 패대기쳐서 잡아먹을 거야.”라며 “왁~”하며 소리 지르자 아이들은 놀라서 엄마야! 하며 도망갔다.

그 때 화장실에 다녀오던 짝지 무브가 소리쳤다.
“야 너희들 전학 온 애 괴롭히지 마!”

현아 짝지 무브는 개구쟁이 이지만 용감한 남자

아이였다.
특히 남학생들 사이에서 인기가 많았다.

무브는 현아가 전학 온 날 새 친구를 많이 도와주라는 담임선생님 말씀이 아니더라도 새로운 친구를 괴롭히는 것은 아니라고 생각이 들어 아이들에게 소리쳤다.

아이들은 공부도 잘하고 씩씩하고 착한 무브가 소리치자 조용해졌다.
그리고 수업종이 쳐서 모두 제자리로 돌아갔다.

"무브야! 고마워"
"뭐 별거 아니야."라며 어깨를 으쓱해보였다.

무브는 짝지 별명이다.
무브는 쉬는 시간에도 가만히 있지를 못했다.
무브는 항상 뛰어다니며 놀기 바빴다.

교실에서 쉬지 않고 돌아다니며 아이들과 놀고 장난도 잘 치는 아이였다.

하루는 선생님이 영어 수업 시간에 움직인다는 뜻의 영어'move'를 우리말로 '무브'라고 한다고 가르쳐주셨다.

영어 수업한 다음부터 아이들은 늘 돌아다니며 장난치는 짝지를'무브'라고 부르기 시작했다.

며칠 뒤 그 날은 처음으로 하교 길에 현아와 짝지 무브가 같이 집으로 오던 길이었다.

현아와 무브는 그 날 방과 후 과학 수업을 같이했다.
집이 같은 방향이라 같이 가기로 하였다.

"현아야! 오늘 따라 새들 소리가 예쁘게 들리는 것 같아."

무브는 아직은 덜 친하고 어색해서 현아에게 말을 붙여보았다.

"그래 새들이 노래를 하나봐."
둘은 하늘을 쳐다보았다.

하늘 위로 예쁜 연초록 동박새가 날아가며 갈색 눈 고리에 까만 눈동자가 깜박이며 날아갔다.

동박새가 날아간 뒤로 직박구리가 단거리 선수처럼 바람처럼 쏜살같이 날아갔다.

직박구리는 귀깃이 밤색이어서 엄마들 화장할 때 눈에 바르는 아이섀도를 한 것처럼 보였다.
또 날 때 날개를 접고 파도처럼 날아 다녔다.

그러자 까치 한 무리가 전깃줄에 앉았다 한꺼번에 날아올랐다.

파도가 쳐서 놀라 일어나는 것처럼 한꺼번에 날아올라 한 방향으로 날아갔다.

마침 그 밑에서 서 있던 무브 머리에 까치가 하얀 똥을 찍 쌌다.

"어 어 무브야! 네 머리에 똥이…"
무브가 손으로 자기 머리를 살짝 만져보더니 "에이 이게 뭐야!"라며 소리쳤다.

무브가 씩씩거리며 울 것 같은 표정으로 현아를 쳐다보았다.
현아가 '깔깔' 웃으며 무브 머리를 휴지로 닦아 주었다.

"무브야! 집에 가서 머리 감아야겠다."
"응 그래야할 것 같아."

둘은 다시 집으로 가기 위해 발걸음을 옮겼다.
그 때 어디선가 소리가 들려왔다.

"지지배배 쪼로롱 찌링 찌링 얘들아! 동박이가 알을 낳았대.
이제 좀 있으면 새끼가 나온데 우리 구경하러 가 보자?"
"뭐? 정말? 가보자!"
"가보자!"

갑자기 나무 위로 새들이 휙 날아올랐다.
"쪼롱 삐로로롱 뽀로롱"참새랑, 동고비랑, 곤줄박이까지 후루룩 날아갔다.

3. 새들의 수다가 들려요.

현아는 처음엔 자기가 잘못 들은 줄 생각했다.
하지만 주위를 둘러보아도 아무도 없었다.

늘 새들의 말소리가 들리는 것이 자기 착각이라고 생각했지만 이번에는 너무 분명하게 들렸다.

그리고 동박새가 알을 낳았다는 것은 착각이라고 할 수 없었다.

현아가 한 번도 보거나 생각한 적이 없는 사건이었다.
새들이 말한 것이 분명했다.

현아는 "무브야! 무슨 소리 안 들려?"라고 물었다.

무브는 "응? 무슨 소리? 새소리 밖에 안 났는데··"라며 도리어 현아를 쳐다보았다.

현아는 무브에게 다른 사람에게 말하면 안 된다고 다짐을 하며 자기는 금방 새들이 말하는 것을 들었다고 하였다.

무브는 눈이 동그래졌다. 너무 놀라 입이 벌어지면서“아니 어떻게 그런 일이‥ ”라며“진짜야?”를 열 번은 더 말하였다.

현아도 이상하다고 생각하면서도 우쭐하며 표정은 자랑스럽게 웃으면서 소리 없이 고개를 계속 끄덕였다.

“동박새가 알을 낳았대.”
“진짜 새들이 그런 말을 해?”
“응 다른 새들이 구경 가자며 날아갔어.”

“와~ 진짜 인가봐! 너 거짓말 아니지! 신기해~ 현아 너 신기한 능력이 있나봐!”

“나도 놀랐어. 그런데 무브야! 내가 새들 소리를 알아들었다는 거 비밀이다.

알았지! 사람들이 이상하게 생각할 거야."

"알았어. 그리고 나는 너 믿어.
동화책에도 보면 착한 사람 눈에만 보이는 요정이나 천사 이야기가 나오잖아.
세상에는 신기한 일도 많잖아! 어른들에게 말해봐야 믿지도 않을 걸.
나보고 또 장난친다고 그럴 거야. 그동안 내가 워낙 장난을 많이 쳐서.
절대 말 안 해 비밀 지킬게."

무브 말은 사실이었다.
무브는 장난도 많이 치고 아이들도 잘 놀라게 하고 실험 카메라 같은 장난도 치고 해서 아이들에게는 개구쟁이로 통하였기 때문이다.

현아는 늘 장난만 치던 무브가 오늘은 믿음직스러웠다.
"무브야! 동박새가 어떤 새인지 궁금해. 우리 집에 가서 인터넷 검색해보지 않을래?"
"응 그러자."

현아와 무브는 현아 집에 도착하자마자 바로 가방을 던져놓고 컴퓨터를 먼저 켰다.

현아 엄마는 처음으로 현아가 친구를 데리고 와서 반가웠다.

“엄마! 얘는 내 짝지 무브야.”
“응 그렇구나! 어서 오너라.”
“엄마 우리 컴퓨터 숙제 할 것 있는데 컴퓨터 좀 사용해도 될까?”
“응. 그럼! 들어가서 숙제해.”

현아 엄마가 컴퓨터 하기 전에“손 먼저 씻어라!” 하는 말을 귓등으로 듣고 둘은 바로 인터넷 검색을 하기 시작했다.

동박새는 동백나무 주위에 잘 서식해서 동박이, 혹은 동박새라는 이름으로 불리 운다고 하였다.

컴퓨터에 있는 사진에 빨간 동백꽃 옆에 앉아 있는 동박새는 동글동글 너무 귀여웠다.

몸은 12cm밖에 안 되는 작은 새였다.
“와 정말 작은 새잖아!”라고 말하며 무브는 손가락으로 가늠해 보였다.
“그렇게 날아다니면 나뭇잎처럼 보이겠어.”

동박새 색깔은 등이 황색을 띤 연초록에 배는 갈색이고 눈 주위에 흰색 고리가 있었다.

“그런데 무브야! 아까 동박새가 알을 낳았다고 했거든.
그럼 어딘가에 둥지를 만들고 알을 낳았다는 거잖아! 그리고 지금 조사해보니 둥지가 4~5cm 밖에 안 된대”

“현아야 이미지보기에서 둥지를 한 번 찾아봐 어떻게 생겼는지.”

현아는‘이미지 검색’으로 들어가서 동박새 둥지를 검색하였다.

이미지를 찾아서 확대하였다.

둥지는 작은 나무의 가지 사이에 다량의 이끼류, 새의 깃털, 나무껍질 등을 거미줄로 엮어서 밥그릇 모양 둥지를 만들었다.

둥지의 지름은 평균 5~6cm에, 깊이는 4cm정도라고 나와 있었다.

“에게! 진짜 작은 둥지네! 그런데 만약 알을 부화하면 새끼를 볼 수 있지 않을까?
무브야 한번 보고 싶지 않니? 그런데 둥지가 너무 작아 찾을 수가 없을 것 같아.”

“그래 그럴 것 같아. 근데 나도 한 번 보고는 싶어. 신기할 것 같아.”

무브는 곰곰이 생각하더니
“그런데 방법이 없는 것도 아니지!”라며 현아를 보고 뭔가 방법이 있다는 듯 빙긋이 웃었다.

마치 현아 너는 할 수 있잖아! 라는 듯이.
“뭐?”현아는 어리둥절해서 무브를 보았다.

무브는 현아를 보면서 말했다.

“그게 말이야. 네가 새들의 말을 들을 수 있으니깐 내일 우리 학교 마치고 와서 아까 쓰레기 공터 옆에서 새들이 하는 이야기를 들어보면 어때?
이 동네 새들은 다 거기서 놀 걸. 큰 감나무 꼭대기에 새들이 항상 있거든.
바로 옆에 전기 줄도 많잖아 거기 항상 많이 앉아있어.
그럼 걔네들이 막 수다를 떨 것 아냐 그럼 오늘처럼 동박새 얘기도 할 것 같아.
그럼 우리가 듣고 있다가 알아내면 될 것 같은데.”

현아도 괜찮은 아이디어라고 생각했다.
“맞아 무브야 너 머리 좋다 그럼 되겠다.”라고 칭찬하자 무브는 어깨를 으쓱하였다.

“좋아. 내일 학교 마치고 바로 오자.”

둘은 신이 나서 헤어졌다.

하지만 현아는 어른들에게 말하면 안 된다고 무브에게 또 다짐을 하였다.

잘 못 말하면 어른들이 자기를 이상하게 볼 것 같아 걱정이 되었다.

그렇지 않아도 전학 와서 친구가 없어 부모님이 걱정하는데 외로워서 이상한 거짓말을 한다고 생각할 지도 모를 일이었기 때문이다.

저녁에 현아 아빠가 퇴근해서 돌아왔다.

들어오자마자 현아야! 하고 이름을 부르면서 들어오셨다.
현아는 반가워서 뛰어나가며"아빠 다녀오셨어요?" 라며 인사를 하였다.

"현아야 오늘은 학교에서 재미있었니? 친구들은 좀 사귀었니?"라며 아빠가 물었다.

현아는 힘없이 고개를 가로 저었다.

현아 아빠는 현아와 좋은 친구처럼 지내는 다정한 아빠였다.

"아 괜찮아! 점 점 친해질 거야! 아직 친구들이 어색해서 그럴 거야! 이제 곧 너의 매력에 빠질 걸"이라며 아빠는 장난스럽게 춤을 추었다.

아빠는 이상한 음치 같은 박자로 리듬을 붙여 노래를 부르며"현아의 매력에 빠져! 빠져! 빠져버려!"라며 손을 모아 아래로 위로 찌르면서 올렸다.

"여보 그러 옛날에 어떤 가수가 불렀던 노래잖아!"
"맞아. 하하하"
엄마랑 현아는 아빠의 동작이 우스워 막 웃었다.

4. 동박새 새끼를 구경하다.

다음날 현아와 무브는 학교를 마치자마자 쓰레기 밭으로 달려왔다.

둘은 밭 근처에서 감나무를 올려다보았다. 새들이 옹기종기 모여 찌르르 짹짹 거리며 수다를 떨고 있었다.

키 작은 무화과나무 위에는 참새들이 쫑알거리고 있었다.
"현아야 저 새는 까치 같아! 희고 까만 깃을 가지고 있잖아."

"아냐 저 새는 박새라고 해! 비슷하게 생겼지만 크기가 작잖아."
"그러고 보니 진짜 좀 작은 것 같네! 오~현아 잘 아는데."

현아는 쑥스러운 듯 웃으며 대답했다.

“사실 나 어제 새들에 대해 공부를 좀 했어.”
“그래 그러고 보니 목 주위가 약간 회색바탕에 연두색이 있어. 그리고 배에 검은 줄이 중간에 있네.”

“그리고 더 놀라운 건 박새는 새소리를 여러 가지 낼 수 있대. 그래서 사투리도 쓴데”

“뭐? 무슨 소리야? 사투리라니?”

무브는 깜짝 놀라 되물었다.
“재네들은 지역마다 소리 내는 것이 조금씩 다르대. 그러니깐 어떤 지방에 사는 박새인지 알 수 있다는 거지.”

“오마이가쉬!~ 새들도 사투리를 쓰다니 신기한데…” 무브는 현아를 존경하듯 쳐다보았다.

현아는 뭐 이정도 쯤이라는 듯 어깨를 살짝 올렸다 내렸다.

"지금도 한 마리는 다른 곳에서 왔나봐. 둘이 우는 소리가 좀 다른 것 같아."

"뭐라고 하는데"무브는 궁금해서 물었다.

"그러니깐 이곳으로 옮겨온 박새는 바다가 보이는 깊은 산에 살았는데 산에 불이 나서 먹을 것도 없고 친구들과 친척들이 많이 죽었대.
나무들도 죽어서 지낼 곳이 없어서 가족이 전부 이사를 했다나봐."

"아 지난번 강원도 쪽에 산불 난 것 말인가 보다."

"아 맞네! 맞아 그러고 보니 그런 것 같아. 그 때 지나가던 사람이 던진 담뱃불 때문에 불난 것 같다고 뉴스에서 그랬던 것 같아."

"그러니깐 현아 너처럼 재도 이사왔나보다."
"그래도 재네들은 놀리지도 않고 잘 지내는 것 같아."
현아는 자기 처지와 비슷하다고 생각이 들었다.

무브는 현아의 얼굴이 살짝 어두워지는 것을 느꼈다.
무브는 자기가 워낙 활동적이어서 여기저기 돌아다니며 여러 친구들과 논다고 미처 아직까지 친하게 지내지 못한 것이 살짝 미안해졌다.

또 현아가 여자 짝지여서 약간 더 미안하기도 했었다.

“현아야 너도 곧 잘 지낼 수 있을 거야.
일단 나 같이 잘생긴 친구 1호가 생겼잖아!”라며 우스갯소리를 했다.

현아가 빙그레 웃으며 물었다.
“진짜 너 나 친구할 거야?”

“그럼 이제부터 더 더 더 친하게 지내자.”라며 큰 소리로 말했다.

현아의 얼굴에서 미소가 환하게 번져나갔다.
그 때 마치 박새가 축하하듯 울었다.

“삐릿 삐릿 쫘르르 찌!”

“소리가 너무 예뻐. 아침에 나무 위에서 들여오던 소리가 박새 소리였나 봐.”

“현아야 새들이 하는 말을 들어봐! 오늘도 동박새 이야기 하는 지 들어봐!”

둘은 새들이 하는 이야기를 듣기 위해 소리 내지 않고 숨죽여 귀 기울였다.

어디선가 새 한 마리가 곡선을 그리며 특이하게 날개를 접고 빠른 속도로 휙 날아서 감나무 꼭지에 앉았다.

직박구리는 날 때 날개를 펄럭이며 날다가 날개를 접고 파도모양으로 난다.

무브가 현아를 쳐다보며 저 새 이름은 뭐야? 라고 묻듯이 턱을 들어 눈으로 새를 가리켰다.

현아가 아주 작은 소리로 “직박구리야!”라고 말하

자 무브가 고개를 끄덕였다.

무브가 손가락을 붙인 채 손바닥을 파도 모양으로 움직였다.
직박구리가 나는 모양이 특이하니깐 흉내를 내는 것이었다.

새들은 나무 끝에 옹기종기 모여 앉아 이야기 하고 있었다.
"찍 짹 찌르르 쯩 쯩 쀠리픽 또로롱 "
"너 동박이 새끼 봤니?"
"아니"

"새끼가 알을 까고 나왔는데 너무 귀여워 그리고 너무 작아! 그런데 동박이랑 정말 많이 닮았지 뭐야. 호호호"

"정말?" "쪼로롱 띠리링 삐리링 롱~쫑 또로르 핑 삥 찌르링 찌링"

무브가 현아를 쿡 찔렀다.
무슨 소리하는지 말해달라는 뜻이었다.

현아는 개미 기어가는 목소리로 아주 작게 "동박이 새끼가 아주 예쁘데"라고 말했다.

"그래서 둥지가 어디래?"
"아직 이야기 안 나와 잘 모르겠어."

둘이는 새들이 놀라 날아 가버릴까 봐 아주 작은 목소리로 소근 소근 거렸다. 그러자 위에서 소리가 들렸다.

“얘! 너희들 말하는 것 다 들리거든~”
현아는 깜작 놀랐다.

“뭐라고? 우리말이 들린다고?”
나무 위에서 대답이 들려왔다.

“그래. 찌르르 뽀로롱”

현아가 나무 위를 쳐다보며 대화를 하자 무브는 현아를 보고 “너 뭐 하는 거야?”라고 물었다.

현아는 무브에게 직박구리가 자기에게 말을 걸어왔다고 말했다.

무브는 깜짝 놀라서 “뭐? 진짜야?”라고 외치듯이 말했다.
현아는 고개를 끄덕였다.

“너는 이름이 뭐야?”
“글쎄 너희 사람들이 우리를 보고‘직박구리’라고 하던데 그냥‘직박구리’라고 불러”

“알았어. 근데 너희들 어제부터 동박새 새끼 이야기 하던데 혹시 동박새 새끼를 좀 보여주면 안 될까? 궁금해.”

“그런데 동박이가 새끼를 낳아서 예민해! 그래서 너희들이 가면 쪼아댈 지도 몰라”

“우리가 살짝만 본다고 하면 안 될까?”현아와 무브는 애처로운 고양이처럼 눈을 뜨며 깜박거렸다.

둘의 표정을 보며 곤란한 듯이“글쎄~”라며 직박구리는 머뭇거렸다.

현아는 어제 인터넷에서 검색한 자료를 떠올렸다.

직박구리는 식물의 열매를 매우 좋아해서 50여종의 다양한 열매를 먹고 숲의 여기 저기에 씨를 뿌리는 역할을 한다고 하였다.

봄에는 식물의 꽃을 따먹고, 여름에는 곤충을 잡아먹고, 때로는 무리지어 까치를 공격하기도 한다고 하였다.

"직박구리야! 너는 나무에 있는 벌레들도 잘 잡고 너희들은 무리지어 까치도 공격할 만큼 용감하잖아."라고 직박구리 칭찬을 하자 직박구리는 우쭐해졌다.

"그렇지! 내가 좀 용감하지"라고 신이 나서 말 하더니 "뭐 그렇다면 내가 좀 도와주지!"라며 아주 자신 있는 표정으로 말했다.

직박구리는 "나무에 있는 벌레들을 좀 잡고 과일도 좀 쪼아서 뜯어 갖다 주면서 얘기 해 볼게."라며 도와주겠다고 하였다.
"고마워"

현아와 무브는 직박구리가 날아가는 쪽으로 따라 달려갔다.

직박구리는 현아와 무브가 잘 못 따라 오면 갔다가 다시 와서 따라오라는 듯이 한 바퀴 돌고는 다시 안내 해줬다.

마치 강아지들이 주인이 빨리 오지 않으면 먼저 갔다가도 다시 돌아오듯이.

직박구리가 안내 한 곳은 근처의 작은 공원이었다.
오래된 나무들이 많은 공원이었다.

큰 벚꽃나무도 있었는데 꽃은 다 떨어지고 초록색 잎이 무성하게 자라 있었다.

그 옆에 곰솔나무 위에 연초록 솔방울 열매가 피기 전 연꽃처럼 봉우리 모양으로 달려 있었다.

직박구리가 "여기야! 여기!" 라고 말하고는 벚꽃나무 중간 가지 그루터기에 있는 동박새 둥지로 날아갔다.

일단 근처에서 잡아온 벌레를 먼저 동박새에게 주면서 사정을 하고 있었다.

"동박아! 재 있잖아. 현아라고 너도 알지! 왜 맨날 혼자 다니던 아이 있잖아!"

"그래 알아 그런데 왜?"

"걔가 글쎄 아가 새를 보고 싶다네.
그리고 오늘은 친구도 데리고 왔어.
한 번만 보여줘라. 친구한테 자랑이 하고 싶나봐.
부탁할게."

동박새는 현아가 늘 혼자 다니는 것이 안타깝게 생각했었다.

동박새는 눈을 또르르 굴리더니 나무 아래 있는 현아와 무브를 한 번 보더니 허락하였다.

직박구리가 삐~ 하고 휘파람 소리로 동고비를 불렀다.

어디선가 암 수 동고비 두 마리가 날아왔다.

동고비는 암수 같이 지내는 경우가 많았다. 동고비의 몸은 청회색이었다.

옆구리 깃은 갈색이었는데 암 동고비는 수 동고비에 비해 옆구리 깃 색깔이 좀 연하였다.

눈 주위에는 검은 색이 줄이 진하게 있어 눈이 또렷하고 총명하게 보였다.

동고비는 등이 굽어보인다고'등굽이'에서'동고비'라는 이름이 붙었는데 나무타기 명수였다.

나무를 거꾸로 타고 내려올 만큼 동고비는 선수였다.

어린 동박새 새끼는 혼자 날 수 없으니 동고비에게 도움을 받으려고 불렀다.

직박구리는 동고비에게 동박새 새끼를 등에 업고 내려가서 현아와 무브에게 좀 보여 주라고 부탁을 하였다.

동고비 암수가 각 각 한 마리씩 등에 업고 나무를 타고 내려왔다.

현아와 무브는 나무 밑에서 기다리고 있었다.
동고비는 아기 동박새를 등에 업고 나무를 타고 내려왔다.

두 동고비는 발톱을 나무에 딱 붙이고 등에 붙은 아기 새를 업고 균형을 잡으며 내려왔다.

그리고 암 동고비가 새끼를 현아 손 위에 올려 주었다.
수 동고비가 또 한 마리를 업고 와서 무브 손에도 올려 주었다.

동박새 어미가 하늘을 뱅그르르 돌더니 현아 어깨 위에 앉았다.
마치 자기 새끼를 어떻게 할까봐 감시 하는 것 같았다.

현아는 너무 좋아서 정신이 없었다.

“어머나 새끼도 동박새처럼 등이 연두색이야! 눈에 고리 좀 봐 너무 귀엽지 않니? 호 호”

웃음이 저절로 나왔다.
현아는 숨을 못 쉴 것 같았다.
숨을 크게 쉬면 날아갈 까봐.

무브를 쳐다보았다.
무브도 두 손을 모으고 소중한 보물을 다루듯 아기 새를 조심스럽게 다루고 있었다.

무브가 이손에서 저 손으로 옮기며 병아리처럼 귀여워했다.

“현아야 아기 동박새 눈 안에 색깔은 약간 회색이네 엄마 새는 갈색인데…”

어미 새는 걱정이 되는지 “찌르릉 찌르”소리를 내며 현아와 무브의 둘레를 돌며 노래하였다.

어미 새가 애벌레를 잡아와서 새끼 새 주변을 돌자 새끼 새는 애벌레를 먹으려고 입을 삼각형으로 쩍 벌리는 것이 너무 우습고 신기하였다.

현아와 무브는 아기 새들을 이쪽 손바닥에서 저쪽 손바닥으로 옮겨가며 아기 새가 움직이는 대로 보조를 맞췄다.

아기 새의 발가락은 부드럽고 따뜻한 느낌이 있었다.
깃털을 살며시 만졌을 때 세상 다시없을 정도로 부드러웠다.

현아는 겨울에 패딩코트 모자에 달린 여우털보다 더 부드럽다고 생각이 들었다.

“현아야 우리 얘들에게 이름 지어줄까?”
“좋아”뭐라고 하면 좋을까?

“음~ 나는 초롱이 할래. 눈이 초롱초롱 하니깐.”
“음! 그럼 나는 얘가 순하니깐 순둥이 할래.”

직박구리가 나무 위에서 보고 있다가 새끼들이 어미와 너무 오래 떨어져 있으며 어미가 불안해하니 그만 올려 보내주자고 하였다.

현아와 무브는 “초롱아! 순둥아! 안녕! 잘 가.”라고 인사를 하였다.

인사를 하자 동고비는 다시 거꾸로 나무를 타면서 동박이 새끼들을 다시 둥지 위에 올려다 주었다.

현아와 무브는 동박이, 직박구리, 동고비에게도 인사했다.

“동박아! 고마워~ 정말 즐거웠어.
아기 새 잘 키워. 튼튼하게 잘 자랄 거야.”라고 하자 동박이도 말했다.

“고마워 우리 아기를 예뻐해 줘서 다음에 좀 더 크면 아마 너희들 머리위에서 노래 할 거야.”

“맞아 맞아 잊지 않을게 안녕!”
“안녕!”

“그리고 직박구리야! 동고비야 정말 고마워! 내가 내일은 너희들에게 꿀을 가져다줄게.

너무 고마워서 내 선물이야. 동박새도 꽃의 꿀을 좋아하니깐 동박새도 좀 주고."

5. 꾀꼬리 알을 구하다.

다음날 현아와 무브는 학교가 마치자 바로 공원을 향해 달려갔다.

"직박구리야! 우리 왔어!"라고 큰소리로 외쳤다. "나 꿀도 가져왔어!"라고 크게 외치자 직박구리가 나타났다.

그때 직박구리가 급한 목소리로 말했다. "현아야 무브야 좀 도와줘 빨리!"
"왜? 왜? 무슨 일이야?"

"구렁이가! 나무를 타고 올라가 꾀꼬리 알을 먹으려고 해!"
"뭐! 아니 어떻게! 어디? 어디야?" 현아는 소리치듯 말했다.
"이리 와봐! 따라와 빨리."

현아와 무브는 직박구리와 참새랑 까치가 우르르

몰려가는 쪽을 따라 힘차게 달렸다.
“여기야 여기”

아이들이 머리를 들어 쳐다보니 크고 오래된 참나무 위로 작은 컵 모양의 꾀꼬리 둥지 근처로 구렁이가 슬금슬금 천천히 올라가고 있는 것이 보였다.

구렁이는 꽤 길이가 길어보였다.
어른들 키 정도로 보이는 게 1.5m는 되어보였다.

머리는 크고 주둥이는 납작하지만 몸은 원통 모양으로 검은 줄무늬가 꼬리로 갈수록 짙어졌다.

사람들이 능글맞은 사람들을 보면'능구렁이 같다'라고 하는 것처럼 구렁이는 천천히 나무 위를 타고 올라갔다.

몸통 비늘이 햇빛에 반사되어 마치 금속처럼 빛이 났다.

마치 쇠사슬이 나무를 스르륵 타고 올라가는 것 같았다.

"어떡하지 무브야! 돌을 던져볼까?"
"음~ 그래도 맞추지 못하면 구렁이가 꼼짝도 안하고 성질만 돋우면 상황이 더 나빠질 수도 있어."
"그럼 어쩌지?"

어미 꾀꼬리가 비명을 지르고 있었다.

“까아악 까아각 삐이익익익 깍깍 깍아악 크으윽 삐리삐리삐리익”

“어미 꾀꼬리가 이상한 소리를 내고 있어.
나무 위에서 소리를 지르고 있는 것 같아. 어쩜 좋아?”

꾀꼬리는 나무 위에서 구렁이가 접근을 하자 괴성에 가까운 이상한 소리를 지르고 있었다.

알이 위험하다는 소리인 것 같았다.

소리가 아름다워 ‘꾀꼬리’라고 이름 지어 졌지만 이렇게 자기 영역으로 위협적인 침입이 있으면 아주 날카롭고 굉음 같은 소리로 경계를 하였다.

어떡하지? 어떡하지? 하면서 둘은 머리를 굴렸지만 마땅한 좋은 생각이 떠오르지 않았다.

그때 무브가 가방에서 장난감 물총을 꺼냈다.
어제 아빠가 출장 갔다 오면서 사다주신 물총이었다.

원래 학교에 들고 가면 안 되지만 아이들에게 자랑이 하고 싶어 엄마 몰래 가방에 넣어 온 것이었다.

“이거로 한 번 쏘아보자. 잘될지 모르겠지만”
“아~ 아까 너 갖고 노는 것 봤어.

괜찮을 것 같아. 그런데 빨리해! 거의 둥지에 다 올라갔어.”

무브는 나무 근처에 서서 조준을 했다.

가장 잘 맞힐 수 있는 거리에 서서 이리 저리 각도를 재어 보고 사냥꾼이 사냥을 할 때처럼 한 쪽 눈을 감고 정신 집중을 하고 호흡을 가다듬고 구렁이의 머리를 향해 정조준 했다.

파아앙 슉우욱 퍽! 물은 마치 총알처럼 날아가서 구렁이의 머리통을 맞췄다.

한 번 두 번 세 번 계속해서 물을 쏘아댔다.

처음에는 무슨 일이지 하면서 멈칫하다 다시 올라가던 구렁이도 계속 쏘아대니깐 안 되겠는지 몸에 힘이 풀리면서 바닥으로 툭 떨어졌다.

그러더니 구불구불 S자를 그리며 사라졌다.

온갖 새들이 환호성을 질렀다.
" 삐이이이 삐이 쪼로롱 쪼로롱"
"잘했어. 현아야 무브야!"

"너희들 대단한데!"라며 새들이 와서 인사를 했다.

꾀꼬리 어미도 날아와서 고맙다고 인사했다.
꾀꼬리 같은 고운 목소리로 돌아와서 말했다.

"무브야 정말 고마워! 현아야 너도. 너희들 아니면 큰일 날 뻔 했어.
내 새끼 알을 지켜줘서 고마워.
새끼가 태어나면 무브 너의 방 앞에서 꾀꼴꾀꼴 노래하라고 할게.

다음에 꾀꼬리가 창문 앞에서 울면 고맙다고 인사하는 것이라고 생각해줘."

무브는 현아에게 꾀꼬리가 뭐라고 하는지 얘기해 달라고 했다.

현아는 그대로 전달 해 줬다.
무브는 별일 아니라는 듯이 어깨를 으쓱하더니 "아기 새 잘 키워!"라고 대답하였다.

6.새들의 정령 후투새를 만나다.

이제 둘이는 집으로 돌아 갈 시간이 되어 인사를 하려는데 직박구리가 말했다.

“내일 다시 이곳으로 나와 줄래? 할 이야기가 있어!”
“왜?”
“그냥 한 가지 부탁이 있어. 내일 나와 보면 알아.”
“알았어. 그럴게! 내일보자.”

다음날 현아와 무브는 공원으로 직박구리를 만나기 위해 뛰어갔다.

어느새 직박구리가 뒤따라 나타났다.

그런데 갑자기 주위가 어두워지면서 직박구리 뒤로 엄청나게 큰 그림자가 드리워졌다.

"어 이게 뭐지? 왜 이렇게 어두워지는 거지?"
"현아야 하늘을 봐!"
"어머! 저건 후투새인데…"

둘은 하늘을 쳐다보았다.
파란 하늘을 배경으로 엄청나게 크고 위엄 있게 깃털에 보석을 뿌린 듯 반짝이는 후투새가 떠 있었다.

직박구리는 혼자 온 것이 아니고 새의 정령과 같

이 나타났다.

새의 정령은 후투새의 모습인데 어마어마하게 큰 모습이었다.

실제 후투새는 6~7cm정도 밖에 안 되는 조그만 새이지만 하늘에 떠있는 후투새 정령은 엄청나게 크고, 투명하지만 빛나는 느낌이었다.

현아와 무브는 하늘에 엄청 큰 후투새가 떠 있고 자신들을 내려다보고 있어 많이 놀랐다.

직박구리가 말했다.

“놀라지 말아 이 분은 우리 새들의 정령이란다. 사실은 어제 우리가 하는 행동을 다 보고 있었고 너희한테 부탁이 있어서 이렇게 나타난 거란다.”

현아는 새들의 정령이 하늘을 덮을 것 같은 크기로 우아하게 날개 짓을 하는 것을 보며 궁금한 눈빛으로 새들의 정령을 쳐다보았다.

둘은 머리를 들어 후투새 정령의 머리에 붙은 벼슬을 쳐다보았다.

후투새의 벼슬은 인디언 추장의 깃털처럼 생겼다. 마치 왕관을 쓴 것 같았다.

날개 끝은 연노랑과 베이지가 섞인 깃 끝에 먹물로 끝을 장식 한 것처럼 까맣게 칠해져 있는 것 같았다.

긴 입은 단단한 2개의 젓가락처럼 보였지만 위엄이 있어 보였다.

정령은 인디언 추장처럼 머리에 있는 벼슬 같은 부분을 쫙 펼치며 줄무늬 날개는 마치 융단 망토처럼 보였다.
희고 갈색 끝 검은 깃을 하나하나를 움직이면서 말했다.
끝에 검은 색을 테를 두른 듯 강해보였다.

현아와 무브는 무척 놀랐다.
우리에게 무슨 부탁을 한다는 건지 궁금하기도 했

다.

직박구리가 말했다.
"현아야! 네가 왜 새들이 말하는 것이 들렸는지 이상하지 않았어?"

현아는 궁금하다는 듯 직박구리를 쳐다보았다.

"쓰레기 공원에 사는 새들이 정령에게 보고를 했단다. 늘 혼자 다니는 아이가 있다고. 외로워 보인다고.
사람들은 잘 모르겠지만 우리 새들은 때로는 사람들을 위해 노래한단다. 삐로롱 띠르 삐르 깍 깍.
저마다 자기의 목소리로 노래를 하지.
그리고 너처럼 외로운 사람이 보이면 우리는 더욱 더 노래를 많이 한단다.
사람들은 눈치를 못 채지만 몰려가기도 하고. 그렇게 우리는 사람들에게 위로를 전한단다."

"그랬구나! 그래서 내가 지나갈 때마다 이상하게 새들이 왔다 갔다 하고 유난히 지저귄다고 생각했지만 나를 위해 그런다고 생각하지 못했어.

정말 고마워. 근데 다른 사람들도 새들의 말이 들리는 것은 아니지?”

그때 무브가 소리쳤다.

“어~ 어~ 현아야! 나도 새들의 말이 들여 오늘 우리가 이상해졌나봐! 방금 직박구리가 말한 것이 들렸어.”

현아도 놀래서 무브를 쳐다보았다.
후투새 새들의 정령이 말했다.

현아와 무브를 아래로 내려다보며 우아하고 청아한 목소리로 둘에게 말했다.

긴 주둥이를 아주 천천히 벌렸다 닫았다하면서 말하는데 긴 입이 마치 오케스트라 지휘자의 지휘봉처럼 우아하게 보였다.

주둥이가 지나간 자리에는 잔상이 남아 마치 주둥이가 여러 개 인 것처럼 보였다.

"얘들아 놀랄 것 없단다. 내가 너희에게 특별한 능력을 준 것이야! 하지만 영혼이 맑은 사람만 그런 능력이 생긴단다,"

후투새 정령은 말을 이어갔다.

"현아와 무브야 내가 이렇게 너희들 앞에 나타난 것은 두 가지 부탁이 있어서란다.
이 마을에 사는 우리 새들의 친구들에게 위험한 문제가 있어서 도움을 청하려는 거야.

"네? 위험한 문제라니요?"
"그래 그 중 하나는 쓰레기 밭에 있는 쓰레기가 문제란다.
그곳에서 나오는 쓰레기 썩은 물이 땅에 스며들어 땅 밑에 있는 애벌레들이 숨을 못 쉬고 죽어 가고 있어.
애벌레들이 죽으면 곤충들도 살 수 없고 곤충들이 없어지면 꽃들도 꽃을 피울 수가 없단다. 물론 애벌레들이 죽으면 우리가 먹을 양식도 줄게 된단다."

"곤충이 죽으면 꽃들이 꽃을 못 피우나요?"
"그래 그렇단다. 곤충들이 날아다니며 수꽃의 꽃가루를 암꽃의 머리에 옮겨 주어야 수분이 된단다. 수분이 되어서 수정이 되어야 꽃도 피고 열매도 달린단다."

"아~ 맞아 무브야. 지난번 과학 방과 후 수업에서 꿀벌이 사라지면 꽃들이 열매를 맺지 못한다고 배웠잖아."

"맞아 그래서 선생님께서 꿀벌이 대량으로 죽으면 우리 사람들도 죽는다고 그랬어!"

"무엇보다도 우선적으로 그 곳에 있는 땅이 썩어 감나무와 무화과나무 같은 식물들도 죽어 가고 있어.
그렇게 되면 우리가 먹을 과일도 줄어들고 우리의 놀이터가 없어지고 우리도 아마 죽어가겠지."

후투새 정령은 긴 주둥이로 지휘하듯 말을 하였다.

현아는 정령의 말이 슬프게 들렸다.
"무슨 말인지 알겠어요.
그렇지만 우리 같은 어린애들이 어떻게 그런 일을 할 수 있을지 모르겠어요!"

"현아야 무브야 너희들은 나의 말을 알아들을 수 있는 맑은 영혼을 가진 특별한 능력을 가진 아이들이란다.

내가 능력을 주어도 마음이 맑고 영혼이 깨끗하지 않으면 내가 주는 능력을 받을 수 없단다.

너희들은 분명히 방법을 찾을 수 있을 거야.
우리는 사람의 영역에 개입을 할 수 없단다.
사람들의 문제는 사람을 통해서만 가능하단다."

현아는 자신이 없었다. 하지만 이야기는 다 들어보고 싶었다.

"정령님! 아까 두 가지 부탁이 있다고 하셨잖아요? 또 다른 부탁은 뭐예요?"

"여기 이 마을은 기차가 지나가는 마을이잖아! 그런데 기차 소리를 막는 방음막이 있어.
그것이 투명하게 되어 있어.
우리 새들이 투명 방음 막 장애물이 있는지 모르고 날아가다가 부딪혀 죽는 일이 너무 많아.
이 사실을 널리 알려 줬으면 좋겠어.
그리고 투명 방음 막을 우리 새들이 알아 볼 수 있게 고쳐 주면 좋겠어."

"맞아요! 저도 방음벽 밑에 새들이 늘 죽어 있는 것을 봤어요! 너무 불쌍해 보였어요.
하지만 어린 제가 무엇을 할 수 있을지 잘 모르겠어요."

무브도 자신 없는 표정으로 고개를 갸우뚱하고 서 있었다.

직박구리가 후투새 정령에게 이제 떠날 시간이라고 말하였다.
아마도 정령은 오랜 시간 현재에 머물 수 없는 것 같았다.
정령이 떠나면서 마지막으로 말했다.

"어렵겠지만 무브야! 현아야! 나의 부탁을 꼭 들어주면 좋겠어.
그리고 애들아! 마지막으로 한 가지 더 당부할 게 있어.
새들이 유난히 많이 노래할 때 주위에 외로운 사람들이 없는지 살펴보고 사랑을 전해주길 바래"

"정령님 무슨 말인지 알겠어요. 기억할게요."

현아는 고민이 되었다. 이런 일을 자신이 어떻게 할 수 있을지.

하지만 자기가 혼자 지나갈 때 마다 우루루 따라다니며 울던 새들이 자신을 위해 울었다고 생각하니 너무 고마웠다.

"새들이 우리에게 이렇게 많은 사랑을 주고 있는지 몰랐어요. 정령님! 부탁을 이룰 수 있게 노력해볼게요."현아는 눈을 빤짝이며 진실하게 대답했다.

7.새 정령의 부탁을 해결하다.

현아와 무브는 아무리 생각해봐도 자신들만의 힘으로 할 수 없는 일이라는 생각이 들었다.

“현아야 이런 일을 어떻게 하지?”

“그러게 어떻게 하지? 암만 생각해도 이건 우리가 해결할 수 없을 것 같아. 부모님께 이야기해서 도움을 청해야겠어.
일단 내가 우리 부모님께 먼저 이야기 해 볼께”

현아는 엄마 아빠께 도움을 청하기로 했다.

“아빠 있잖아! 요기 앞에 쓰레기 밭 있잖아. 그곳이 너무 더럽고 무서워.”라며 현아는 엄살을 떨었다.

자신을 위해서라면 뭐든지 해주는 아빠에게 쓰레기 밭을 지나 올 때 좀 무섭다고 아빠에게 부탁을 했다.

아빠에게 쓰레기 공터에서 냄새가 나고 위험한 쓰레기가 자꾸 모인다고 좀 깨끗해졌으면 좋겠다고 말했다.

그리고 밤에는 학생들이 모여 담배도 피고 위험한 지역이 되어 가고 있다고 말씀드렸다.

현아 아빠도 평소 신경이 쓰이던 참이었다.
쓰레기 치우는 문제는 현아 아버지가 정부의 새올 전자 민원 시스템에 민원을 넣어 해결해보자고 하였다.

민원을 넣은 지 5일 째 되는 날 답이 올라 왔다.
구청에서 청소를 해서 꽃도 심고 작은 화단이 있는 공원 쉼터로 만들어 주시기로 답을 주었다.

방음벽 문제는 현아가 엄마에게 부탁을 했다.

"엄마 새들이 기찻길 방음벽에 부딪쳐 죽어있어! 불쌍해! 새들을 도울 방법이 있으면 좋겠어."라고 말씀드렸다.

현아 엄마는 언젠가 티비 다큐멘터리에서 본 방법이 생각났다.

기찻길 방음벽에 가로10cm, 세로 5cm 간격을 두고 흰색 스티커를 붙이면 새들이 장애물을 알아보고 방음벽을 피해 다른 곳으로 날아갈 수 있다고 하는 사실을 기억해냈다.

현아와 현아 엄마는 이런 스티커를 붙이는 봉사단체에 전화를 걸어 사정을 알렸다.

일은 순조롭게 진행되었다. 그 곳에서 도와주겠다고 연락이 와서 현아는 기쁨의 환호성을 질렀다.

현아 어머니는 같이 봉사활동을 돕겠다고 약속했다.

스티커 붙이는 날 현아 어머니는 동네 이웃 분들에게 말해 도움을 청하였다.

동네 이웃들도 좋은 일이라며 팔을 걷어붙이고 도와주었다.
그 바람에 현아 어머니는 이웃들과 친하게 지내게 되었다.

학교에서 현아는 며칠 뒤 방과 후 수업을 빼고 일찍 가야할 것 같아 선생님께 미리 말씀을 드렸다.

학교 선생님은 "현아야 무슨 일이 있니?"라고 물었다.

현아는 자초지종을 말씀드렸다.

선생님은 음~ 하면서 생각하시더니 좋은 일이고 환경을 지키는 소중한 일로써 교육적으로 의미 있는 일인 것 같다면서 그날 우리 반 아이들도 같이 하면 좋을 것 같다고 하셨다.

그날 선생님과 반 아이들이 와서 도와주었다.

현아는 아이들과 열심히 스티커를 붙이며 이야기도 하고 도와주기도 하면서 여러 친구들과 친해졌다.

수지와 같이 몰려다니던 아이들은 옆 눈으로 슬쩍 슬쩍 눈치를 보더니 현아에게 다가와서 말했다.

"현아야 우리는 네가 이렇게 훌륭한 친구인줄 몰랐어. 그동안 괴롭혀서 미안해."
아이들은 고개를 숙이고 사과를 했다.

수지도 머뭇거리면서 옆에 서있더니 용기를 내어 말했다.

"현아야 미안해. 내가 잘 못 생각했어.
네가 시골에서 와서 뭘 모르겠지 라고 생각했는데 네가 너무 똑똑하고 예쁘니깐 심술이 났나봐.
그리고 이렇게 자연을 사랑하고 환경에 관심이 많은 좋은 친구라는 걸 몰랐어. 내가 부끄러워."

"아니야 수지야 이제 우리 사이좋게 지내자. 그럼 되잖아. 오늘 도와줘서 고마워."

수지랑 현아는 손을 잡으며 웃었다.

"현아야! 넌 참 훌륭한 친구야!"라며 시골에서 왔다고 조금 가까이 하기 싫어하던 아이들도 현아를 칭찬했다.
현아는 너무 기분이 좋았다.

친구들은 현아의 고운 마음씨에 친구가 되는 것을 자랑스러워했다.

이제 현아도 종달새들처럼 친구와 몰려다니며 이야기도 하고 놀 수 있을 거란 희망이 생겼다.

현아 엄마와 아빠도 보면서 현아에게 친구가 생겨 다행이라는 눈빛을 보내며 밝게 웃었다.

무브와 현아는 서로 눈 마주치며 파란 하늘을 쳐다보았다.

하늘에서 커다란 후투새 정령이 자신들을 내려다보며 웃고 있는 것처럼 느꼈다.

그때 동박새, 까치, 참새, 박새, 종달새, 직박구리, 까마귀, 동고비 등이 사람들 위로 날아오르며 하늘에 하트를 그리는 것이었다.

아이들이 소리쳤다.

"얘들아, 선생님 하늘 좀 보세요. 새들이 하트를 그리는 것 같아요."
"어머 진짜네. 신기한 일도 다 있네."

옆에 있던 사람들도 일제히 하늘을 보았다.

진짜 새들이 하트를 그리는 것처럼 까마귀가 앞장서서 둥글게 모양을 만들고 다음은 까치가 둥글게 모양을 만들었다

그리고 꼬리 부분은 동고비랑 참새랑 다른 작은 새들이 따라 하트 모양을 완성하는 것이었다.

사람들도 신기해서 하늘을 쳐다보며“어 진짜네.

작은 새들은 까마귀를 무서워 할 테데 저렇게 가까이 가서 모양을 만드네.

우리한테 고맙다고 인사하는가봐!”라며 사람들도 박수 치며 좋아하였다.

하지만 무브는 새들이 자기 머리에 똥을 싼 것이 기억이 나 눈은 하늘을 보며 순간적으로 머리를 감싸 쥐었다.

현아는 무브가 왜 그러는지 알기에 빙긋이 웃음이 났다.

새들은 날아가며 현아한테 말을 하는 것 같았다.

"현아야! 무브야! 이제는 투명 방음벽을 피해서 잘 날아갈 수 있어 고마워! 잊지 않을게."라고 하는 것 같았다.

새들이 사람에게 말없이 사랑을 주는 것처럼, 외로운 현아에게 친구가 되어 준 것처럼, 현아와 무브도 새들을 도울 수 있어 행복했다.

이제는 새들의 말을 알아들을 순 없지만 현아는 앞으로 외롭지 않을 것 같았다.

하늘만 보면 많은 새들 친구들이 재재거리며 언제나 현아랑 노래할 테니.

【참고 : 등장하는 새들 특징 및 그 외】

새이름	이미지	특징
동박새		•눈 주위에 흰색 고리가 특징이다. •꽃의 꿀을 매우 좋아하기 때문에 봄에는 꽃의 꿀을 찾아 이동한다. •온순하고 울음소리가 곱고 청아하다.
동고비		•낙엽활엽수림이 무성한 숲을 선호한다. •나무줄기를 기어 오르내리며 먹이를 찾는다.

직박구리		• 여름에는 암수가 함께 생활하고, 겨울에는 무리를 지어 생활한다. • 날 때 날개를 펄럭이며 날다가 날개를 접고 파도모양으로 난다. • 가을철 과수농가의 배, 사과, 감 등에 피해를 주기도 해 과수원 유해조류로 알려져 있다.
꾀꼬리		•주로 아까시나무, 참나무 숲 등 활엽수림에서 생활하며 곤충을 주식으로 한다. •둥지는 수평으로 뻗은 나뭇가지 사이에 풀뿌리를 거미줄로 엮어 밥그릇 모양으로 늘어지게 만든다. •5월에 번식하며, 산란수는 3~4개다. 포란은 18일에서 20일 사이이다.

박새		•도심의 공원에서도 쉽게 관찰된다. •먹이활동을 통해 해충구제에 기여하고 있어 생태계 건강성 유지에 중요한 역할을 한다. •번식은 기후변화 특히, 온도와 밀접한 연관이 있으며, 기온변화에 따라 번식시기가 조절 된다.
후투새		•몸의 길이는 6~7cm이며, 진한 갈색에 검은 갈색의 가로무늬가 있다. •거미, 곤충이 주식이고 5~6월에 4~5개의 알을 낳는다.

위 내용은 국립중앙과학관 텃세과학관 참고함.

값 10,000원
03810
9 791137 288935
ISBN 979-11-372-8893-5